curiosidad por

LA CACERÍA DE PATOS

POR RACHEL GRACK

AMICUS LEARNING

¿Qué te causa

curiosidad?

CAPÍTULO TRES

Ve de cacería

Curiosidad por es una publicación de Amicus
P.O. Box 227, Mankato, MN 56002
www.amicuspublishing.us

Editora: Alissa Thielges
Diseñadora de la serie: Kathleen Petelinsek
Diseñadora de libro: Aubrey Harper

Información del catálogo de publicaciones
LCCN 2023017215
ISBN 9781645497943 (library binding)
ISBN 9781645498483 (paperback)
ISBN 9781645498025 (ebook)

Photo credits: Alamy/McClatchy-Tribune, 17, USFWS, 3; Corbis/FWS, 8–9; Freepik/David Costa Fernandez, 7, 16; iStock/GlobalP, 21, ktatarka, 20, NRA-ILA, 10–11, PavelRodimov, 14–15, saz1977, 18–19, SteveOehlenschlager, 6, timalfordphoto, 12, tomprout, 21; Shutterstock/aaltair, 7, Anna Pozzi - Zoophotos,Cover, 1, artichoke studio, 13, Erik Lam, 21, J Edwards Photography, 18–19, Jim Cumming, 7, Menna, 13, rock ptarmigan, 7, Susan Hodgson, 7

Impreso en China

CAPÍTULO UNO

¿Por qué la gente caza patos?

La mayoría de los cazadores disfrutan estar en la naturaleza. Les gusta observar a los patos y estudiar sus movimientos. Algunos cazan por deporte. La carne de pato les parece sabrosa. Para otros, cazar es una manera divertida de pasar tiempo con su familia y amigos.

La cacería de patos puede ser un reto divertido para los cazadores.

¿Se puede cazar cualquier pato?

Los cazadores aprende a identificar a los pato incluso desde lejos

No. Hay 32 **especies** de patos que se pueden cazar. Estas se dividen en tres grupos. Los patos chapoteadores pueden encontrarse en casi cualquier **hábitat de aves acuáticas**. Los patos buceadores prefieren los lagos, ríos y bahías océanos. Los patos marinos se quedan en las aguas costeras y en los Grandes Lagos.

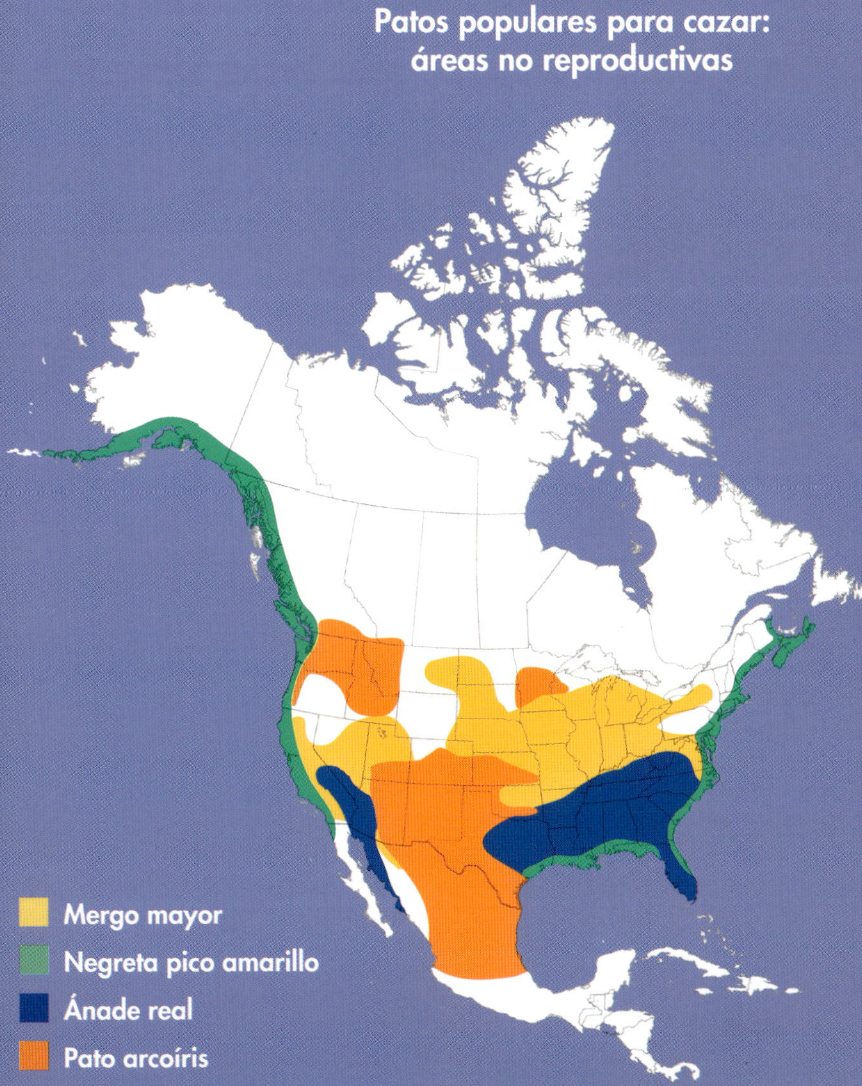

Mergo mayor

Negreta pico amarillo

Ánade real

Pato arcoíris

¿Cuándo puedo cazar?

Un cazador apunta su arma mientras su perro espera a que le dé la señal de traer la presa.

En los Estados Unidos y Canadá, la temporada de cacería de patos comienza a principios de septiembre. Termina en diciembre o enero. Cada estado y provincia tiene diferentes fechas para cazar. ¡Asegúrate de revisarlas antes de disparar! Muchos estados tienen zonas para aves acuáticas. Estas pueden estar abiertas o cerradas para la cacería a lo largo del año.

CAPÍTULO DOS

¿Cómo se usa la escopeta?

Un principiante practica cómo apuntar y disparar su escopeta.

¿SABÍAS?
Si tienes 10 años o más tal vez necesites una licencia para cazar.

Primero, ¡toma una clase de seguridad con la escopeta! Allí te enseñan a manejar una escopeta de manera correcta. También es importante aprender sobre seguridad durante la cacería. Muchos clubes de escopetas tienen clases de tiro para principiantes. Los niños deben usar una escopeta para jóvenes. Estas tienen barriles más cortos. Funciona mejor una escopeta calibre 20 con municiones de carga ligera.

A los discos de arcilla también se les llama palomas de arcilla.

¿Debería practicar?

¡Por supuesto! Muchos cazadores hacen tiro al plato para practicar. En estos deportes, los tiradores tratan de darle a los blancos de arcilla en movimiento. El tirador grita: "¡Pull!". Un disco redondo se lanza al aire. El tirador apunta y dispara.

Los discos de arcilla vuelan alto y se alejan del tirador.

¿SABÍAS?

El Five Stand es otro tipo de práctica con blancos. Cinco discos de arcilla se lanzan al mismo tiempo en diferentes direcciones.

PREPÁRATE

¿Qué ropa uso?

Un cazador usa camuflaje de pies a cabeza para esconderse de los patos.

¡Buena pregunta! La cacería de patos suele ser fría y mojado. Empieza con una capa caliente como una camisa de lana. Los cazadores usualmente usar botas de pesca. Estas botas altas de goma los mantienen secos mientras caminan por el agua. Para la cacería de campo, usan overoles gruesos. El **camuflaje** ayuda a los cazadores a esconderse con su entorno.

¿Cómo se encuentran los patos?

Explorando. Los patos viajan por **rutas de vuelo** comunes. Los cazadores buscan patos en movimiento. Los siguen hasta sus lugares de **descanso**. Colocan **señuelos** cuando los patos salen volando. Luego, esperan en un **puesto de camuflaje**. La mayoría de los cazadores usan silbatos de pato para atraer a las aves.

- Ruta de vuelo del Pacífico
- Ruta de vuelo central
- Ruta de vuelo del Mississippi
- Ruta de vuelo del Atlántico

Una niña usa un silbato de pato para atraer a los patos.

CAPÍTULO TRES

¿Cuándo disparo?

¡Esto puede ser difícil! Los patos vuelan en círculos antes de aterrizar. Alguno podría pasar volando justo encima de ti. Pero no dispares aún. Espera a que disminuya su velocidad y esté frente a ti. Será más fácil atinarle. Dispárale a los patos solo dentro de 40 yardas (37 metros) de distancia. Esa es más o menos la longitud de dos carriles de boliche.

Los cazadores mantienen ambos ojos abiertos y apuntan el cañón de la escopeta.

¿SABÍAS?
Siempre es más seguro cazar con un adulto.

Ya maté uno, ¿ahora qué?

Los retrievers son fáciles de entrenar para la cacería.

¡Buen disparo! Pon atención para ver dónde cae. Ahora, ve a traerlo. Muchos cazadores usan perros para rastrear y recuperar aves. Próximo, **etiqueta** al pato. Puedes seguir cazando. Solo mantente dentro del **límite de caza** diario. Después, aprende a **limpiar** tu ave. ¡Ya está lista para cocinarla!

LABRADOR RETRIEVER

RETRIEVER DE LA BAHÍA DE CHESAPEAKE

RETRIEVER DE NUEVA ESCOCIA

BRACO ALEMÁN DE PELO CORTO

GOLDEN RETRIEVER

HAZ MÁS PREGUNTAS

¿Cómo se limpia un pato?

¿Necesito permiso para cazar en el terreno de otra persona?

Prueba con una PREGUNTA GRANDE:
¿Cómo afecta la cacería de patos al medio ambiente?

BUSCA LAS RESPUESTAS

Busca en el catálogo de la biblioteca o en Internet.
Pueden ayudarte tus padres, un bibliotecario o un maestro.

Usar palabras clave
Busca la lupa.

Las palabras clave son las palabras más importantes de tu pregunta.

Si quieres saber sobre:

- cómo limpiar un pato, escribe: LIMPIAR PATOS
- cazar en un terreno privado, escribe: PERMISO PARA CAZAR PATOS

GLOSARIO

camuflaje Colores o vestimenta que dificulta que veamos a un cazador.

descanso Reposo.

especies Tipos de animales.

etiquetar Llenar una etiqueta para ponérsela a un pato que mataste; las etiquetas incluyen tu nombre, dirección y número de licencia de caza.

explorar Buscar algo; los cazadores de patos exploran para encontrar patos y los siguen.

hábitat de aves acuáticas Los lugares donde viven las aves acuáticas.

límite de caza La cantidad de patos que se pueden matar en un día, de acuerdo con la ley.

limpiar Desplumar a un pato y sacarle las vísceras.

puesto de camuflaje Un refugio escondido donde los cazadores de patos se esconden.

ruta de vuelo El camino de migración de un ave.

señuelo Un pato falso que se usa para atraer patos de verdad.

ÍNDICE

Acerca de la autora

Rachel Grack es editora y escritora de libros para niños desde 1999. Vive en Arizona, un estado donde los espectaculares paisajes ofrecen incontables aventuras todo el año. Montar a caballo es una de sus actividades favoritas al aire libre. Pero el geoescondite podría ser su próxima gran aventura.